비워서 피는 꽃

최이천 제3시집

삶을 꽃으로 피어내
행복의 향기를 전하는 최이천 시인

최이천 시인의 '詩'는 꿈의 꽃으로 피어나기도 하고, 정 따라 꽃을 피우기도 하며, 이제 자신을 모두 비워서 꽃으로 활짝 피기를 바란다. 그 꽃이 얼마나 다양하고 저마다의 모습으로 곳곳에 향기를 전하고 기쁨을 줄지 생각만 해도 참 행복한 일이다. 그리고 그 꽃을 보는 독자의 시선 또한 다양한 반응을 보일 것이다. 누군가에는 가슴 뛰는 사랑으로 다가오고, 또 다른 누군가에게는 희망으로, 때로는 아픈 마음을 치유하는 위로의 향기로 전해질 것이며, 허한 마음을 채울 수 있는 따뜻한 향기로 마주할 것이고, 또 친구처럼 다정함으로 함께 할 것이다.
'詩'는 시인이 쓰지만, 그것을 받아들이는 독자에 따라 달라지기 때문에 시인의 손을 떠난 작품은 이제 독자의 몫으로 남겨야 한다. 다만 시집을 출간하고 바라는 것은 많은 독자가 공감대를 이루고 그 시와 오래 함께했으면 하는 것이다.

최이천 시인은 '비워서 피는 꽃' 제호로 제3 시집을 선보인다. 1 시집, 2 시집보다 독자의 관심이 어떻게 다가올지 많은 기대감과 더불어서 심적 부담감이 더 크게 다가올 수 있다. 하지만, 기회가 왔을 때 시집을 바로 출간할 수 있다는 것은 그만큼 미리 준비 되어 있고, 다작함으로 그의 필력이 단단함을 알 수도 있다. 제호처럼 세월이 흐른 만큼 욕심을 부려 채우기보다는 하나하나 비움의 기쁨을 느끼면서 나누고 베풀 수 있는 삶이 되기를 희망한다. 비울 때 더 많은 것으로 채워지는 행복의 맛을 알아가는 시인, 살아가는 삶의 일분일초가 소중하다는 것을 깨달으면서 그 삶을 시로 표현해 가는 최이천 시인의 '비워서 피는 꽃' 시집이 많은 독자의 관심과 사랑으로 세상에 마음껏 날아다니고, 계절마다 피고 지는 꽃의 향기처럼 곳곳에 퍼지길 기원하고 응원하면서 이 시집을 기쁜 마음으로 추천한다.
최이천 시인의 삶이 꽃으로 피어나 그 꽃과 동행할 수 있음이 감사하고 또 그 향기를 언어로 전할 수 있음이 행복이다. 그 행복을 많은 독자가 체험할 수 있고 함께하기를 바라는 마음으로 '비워서 피는 꽃' 시집이 베스트셀러가 되어 독자의 손에 들려지기를 기대한다.

(사)창작문학예술인협의회 부이사장 **박영애**

시인의 말

거대한 우주선 지구를 타고 여행하며
아름다움에 감격하여 분초를 아끼고 싶어
시(詩)를 씁니다
소풍은 순간 예술 나만의 시간 속에
혼자만 볼 수 있는 아까운 모습들을
모노드라마 연기하듯 무언가를 기록하여
알리고 싶어 글을 쓰고 압축하여
시(詩)를 짓습니다
만물 중에 사람됨을 감사하며 소통하는
능력 햇빛 공기 공짜로 받아 맘대로 쓰는
왕자 같은 내 모습에 감사노래가 절로 나옵니다
한시적으로 나누어 쓰라는 시대를 알고
내가 서 있는 나의 시대를 아끼며
따라오는 다음 세대에 작은 메모장 남기고 싶어
한 줄 시(詩) 깨끗하게 살아다오 남겨봅니다

시인 최이천

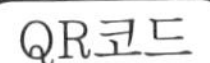

스마트폰으로 QR 코드를 스캔하면
시낭송을 감상할 수 있습니다

제목 : 비워서 피는 꽃
시낭송 : 박영애

제목 : 정 따라 피는 꽃
시낭송 : 박영애

제목 : 해바라기 연가
시낭송 : 박영애

제목 : 경로당(敬老堂)풍경
시낭송 : 박영애

제목 : 만덕동 마래터널
시낭송 : 박영애

제목 : 참 좋은 친구
시낭송 : 박영애

제목 : 숲속의 모임
시낭송 : 박영애

시인은 자연을 이야기하고 시낭송가는 자연을 품었다
글자는 날개를 달아 언어로 날고 소리는 자연에 눕는다

* 목차

비워서 피는 꽃 10
웃고 있는 고독 11
정 따라 피는 꽃 12
꿈꾸는 사람들 14
해바라기 연가 16
도망간 평화 18
턱걸이 인생 20
묻혀서 피는 꽃 22
꿈 꽃 피기까지 24
글 찾는 나그네 25
경로당(敬老堂)풍경 26
만덕동 마래터널 28
여울목 폭포 30
뻐꾹새 소리 32
가슴에 묻은 꽃 33
의심의 끌텅 34
장미의 유혹 36
참 좋은 친구 37
숲속의 모임 38
고물 속 여행 40
치유(治癒)하는 만남 41
청산(靑山)에 살리라 42
포물선 추억 44
대추리 처갓집 46
말의 씨 47

* 목차

눈 감으면 보이는 꽃 48
움직이는 장미 50
바람 바람 51
송화 날던 날 52
죽어서 피는 꽃 54
파래들 이야기 56
창문에 뜨는 달 58
동쪽으로 간 남자 59
부활의 기쁨 60
아름다운 변화 62
함께 가요 63
역사의 밑거름 64
오동작 66
햇살 둥지 68
도다리쑥국 69
가지 마! 잡지 마! 70
그리움 71
순풍에 돛을 달고 72
오일장 사람들 73
꽃 피는 춘삼월 74
독립 만세 오일장터 76
날개 달린 마음 78
초봄 초심 80
물맛 81
거름 주는 손 82

* 목차

봄 부르는 소리 84
주지 못한 마음 86
깨어나라 88
올림픽 89
아리송해 90
화려한 외출 92
살아 숨 쉬는 땅 94
넓은 눈 깊은 눈 95
꽃무릇 글 무릇 96
생각을 섞으면 97
생명은 느낌 98
매화꽃 설렘 100
세월이 뭐기에 101
그 시절 정월 초하루 102
그 시절 섣달그믐날 104
실눈 뜨는 꽃망울 105
마중 가자 106
어깃장 107
바다와 산바람 108
풍등(風燈) 109
저울 위의 사랑 110
유월 무궁화 111
아리랑 사연 112
예방 주사 114
속눈을 뜬다 115

* 목차

오월의 투쟁 116
조팝나무 이팝나무 117
여왕의 춤 118
백 년 나무 천년 열매 119
봄의 길목 120
꽃자루 사랑 121
내 영혼의 그림자 122
봄 꼼지락 123
만세로 얻은 나라 124
매실 꽃이 보인다. 126
비의 노래 127
나를 만나다 128
무관심 아픈 사랑 129
외투 130
외줄 인생 132
찬밥 133
홀로 핀 백장미 134
생각의 섬 136
빈 마음 137
바람 불어 피는 꽃 138
무관심과 사랑 139
털머위꽃 140
동백꽃의 벌 141
아는 만큼 보인다. 142
낙엽의 노래 143

비워서 피는 꽃

낱알이 스스로 생명을 가지고
있는 것 알지 못하고
그릇이 스스로 채워져 있는지
알지 못한다

벗이여 세월 따라 멀어져 만날 수 없더라도
마음에 자리 잡은 나의 모습 지우지 마오
나 역시 벗님의 모습 껴안고 가리다

욕심으로 채워져 좁아진 마음
비울 때가 되었다

늙으면 어린애가 된다고 했지
버리기 싫어도 비우고 가야 하는
이 세상 한 점 구름인 듯
방금 내 볼을 스치고 가는 바람인 듯
순간에 잃어버릴 짧은 만남의 앞마당이
좁게만 ㄴ껴진다

살아온 곳 뒤돌아보면
추억의 숲으로 우거진 우리들의 뒷마당에
우정의 꽃밭이 보이고 영글지 못한 사랑에
아픔들도 보인다

모든 것 내려놓고 다시 피어날 꽃길을 찾아
새로운 꽃밭 처음 가는 길
먼저 가서 기다리는 친구들 만나
밤새워 회포를 풀어보자

제목 : 비워서 피는 꽃
시낭송 : 박영애
스마트폰으로 QR 코드를 스캔하면
시낭송을 감상할 수 있습니다

웃고 있는 고독

건물 그늘 밑에
웃고 앉아 있다
맑은 눈 평화로운 얼굴
근심 걱정 없어 티 없이 맑다.

혼자 하는 대화는
알 수 없지만
그가 이야기하며
웃을 때 나도 웃고 있었다

고독하냐고 물어봐도 웃고
배고프냐고 물어봐도 웃고
혼자 이야기 속에
빠져 버린 고독은 웃고 있다

고독하면 웃어지는가?
고독은 눈물로 이어지는데
웃음도 있었구나

외로운 웃음이
새로운 웃음으로
바뀔 때면 고독은
솔잎 향기로 숨어들어
향기 나는 웃음이 되는 날

웃는 고독은 햇빛을 휘저으며
어느 창공을 날아가리라

정 따라 피는 꽃

황금보다 귀한 사랑
무심으로 떠나간
빈자리에 잡초인 듯
자라난 정 빈자리를 채운다.

못다 한 한마디
가슴에 쌓여 아리는데
석양 노을은 바늘 되어
눈물샘 터트린다.

마침표 없는 정
세월이 갈수록 작은
손짓하나 놓치지 않고
망막에 상을 그려준다.

어리광에 어부바하던
따스한 등허리에 업혀
자장가 듣던 흐릿한 기억
잊을 수 없습니다

욕심 없이 시인처럼

살라 하던 정 많은 누이야.

그 말씀 씨가 되어

시를 씁니다

생동하는 봄 속에

보고 싶은 그리움

아지랑이로 피어오르고

뚜렷한 신기루 같아

멀리서 바라봅니다

제목 : 정 따라 피는 꽃
시낭송 : 박영애
스마트폰으로 QR 코드를 스캔하면
시낭송을 감상할 수 있습니다

꿈꾸는 사람들

하룻밤 만리장성을 쌓으며
기와집 열두 채를 짓고
열두 마지기 문전옥답에
고대광실 높은 집 처마
풍경 달아 바람 노래 듣는다

옛 시절 보통 사람들의
소원 지금은 알 수 없는
말과 뜻이지만 그 시절
크고 아름다운 꿈이었다오

지금도 꿈은 아름다움을
노래하고 이루어지기를
염원하며 매달린다.

부딪치고 깨지며 다시 일어나
실낱같은 희망을 부여잡고
바늘구멍을 찾고 있다

무엇이 되겠다는 포부는
어린 날의 무지개 꿈이 되고
잊혀져 가는 모습 자신의
껍데기가 허물어져
비늘처럼 떨어져 나간다.

현실보다 가상현실
오락게임같이 머릿속을 뒤엎고
정리되어 버리는 구름 잡는 꿈
한 끼 식사비 없는 백억 부자
모두가 잔돈으로 보이는
꿈이 병들어 햇볕에 반짝이는
오색 종이 가루가 되어 눈처럼 흩날린다.

해바라기 연가

사랑의 볕에 흠뻑 젖어
오직 당신만 보인다오
눈뜨면 안아주는 임의 품
남들은 뜨겁다고 불평해도
나는 너무나 좋습니다

부부의 연인 듯 날마다
당신을 닮아가는 내 모습이
너무 좋아 마냥 웃고 있습니다

잠시 보이지 않는 밤이면
알알이 여물어 가는 자식들
이야기에 밤새는 줄 모르고
그 이야기 너무 좋아
당신께 전하고 싶어 아침을
기다립니다

따뜻한 기운으로 포근한
품속을 열어주는 당신
누구 볼까 봐 얼른 안깁니다

사랑스러운 품속에서
어젯밤 들었던 자식들 이야기
소곤소곤 이야기하면
빙긋이 웃어주는 그 미소 사랑스러워
볼을 지그시 깨물고 싶어집니다

온종일 눈 맞추고 춤추는
해바라기는 행복해서 웃다가
죽을 것 같습니다

제목 : 해바라기 연가
시낭송 : 박영애
스마트폰으로 QR 코드를 스캔하면
시낭송을 감상할 수 있습니다

도망간 평화

말로 외치는 평화는
그림 속의 모나리자 미소
행동으로 하는 평화는
느림보 약속할 수 없는 결과다

시스템 평화를 주장하여
네 자녀를 투입 투자했다
첫째는 미국 유학
둘째는 러시아 유학
셋째는 중국 유학
넷째는 유럽 유학을 보냈다.

연년생의 동년배로
친구같이 보낸 어린 시절 시내고
꿈 찾아 떠난 밀월의 세월
약속은 뼛속까지 유학하는 나라의
문물과 사상을 마스터하는 조건으로
아낌없이 투자해 주었다.

십 년이 지난 어느 날 부모님 은혼식에
모두 참여하여 잔치하며
문물 자랑하는 좋은 모습 보려고 하였다

설렘은 심장을 뛰게 하고 표정을 숨겨야 하는
숙제를 풀고 있는 순간 옷 스타일부터 다른
며느리 자식까지 여덟이 모여
배운 대로 이국 풍속으로 부모님께
예를 올린다.

인사부터 며느리들 뽀뽀 세례
술잔이 돌자 부모는 없고 친구로
야자가 되어 버리고 서로의 자랑에
예의가 도망가 버리니 평화는 흔적조차
없는 뒤웅박 만들었다 끈 떨어져서
뒤웅박이 깨져야 평화가 오려나 보다

턱걸이 인생

철봉에 매달려
턱이 쑥 올라가야 한 개
열 개는 했었지

누가 많이 하는가?
숫자를 세면서 상대보다
많이 하면 손뼉 치며 좋아했었지

눈뜨고 바라보는 세상
철봉이 너무나 많아
붙잡고 한평생 매달리는
직장 비가 오나 눈이 오나!
부여잡고 매달려 젖 먹던 힘까지
써봐도 턱이 쑥 올라가는 진급 한번
못하고 아쉬워 소주에 눈물을 섞으며
한숨을 쉰다.

곳곳에 놓여 있는 턱을 거는 봉
십 년을 무명으로 노래하다 지치고
이십 년은 글을 쓰다 버리며
삼십 년 투자하다 쓰러지고
코인 투자 부자 된 착각.
한 시간 만에 무너지니
턱 한번 올리지 못하는 세상
만만하게 본 것이 잘못이더라

지치고 포기할 때쯤 희미하게 보이는
한줄기 아쉬움 빨리 버리지 못한 것
전기에 감전하듯 껴안기만 한 무력함을
사랑하는 사람아 너는 하지 말아라.

묻혀서 피는 꽃

가고 떠나갔다
모두 가버리고 휑한 거리
조밀하게 부딪히며 어깨동무
놀던 날들은 꿈속이었나
기러기 날아가던 겨울밤
떨어지는 별똥에 '와'하며 소리치던
너, 모습이 오늘은 많이 보고 싶다

서울, 부산 미국 곳곳에서
울려오던 전화벨 소리 잠잠해지고
잘난 사람 똑똑하여 멀리 갔으니
언제 다시 만나볼 수 있을까?

뚫리는 고속도로 빛을 안고
고향에 소식이 들려오니
땅값이 올라간다.

전화가 울리고 고향 소식 물어온다.
커다란 동네 산 문중 산 도롯가에
살아나와 몸값을 자랑한다.

아파트 단지가 들어와 금값으로 변한
땅 찾아 돈 찾아 떠나던 똑똑이들
한꺼번에 몰려와 친구야 하며
악수 청하고 잊었던 추억담을 애써 이야기한다.

못나서 고향에 묻혀 농사하며
버리고 간 땅 사서 불리고
애면글면 선산에 벌초하며
고향 지킴이로 살아온 날들 꽃이 핀다.

못나서 묻혀도 스스로 버리지
않으면 때를 따라 살아 나와
벌 나비가 찾아오는 예쁜 꽃이 피더라

꿈 꽃 피기까지

누구
날고 싶은 꿈이
저기 날아가는 비행기

누구
바다를 달리고 싶어
배를 만드니 여기 유람선 오네

누구
밤 빛나는 거리를 보고 싶어
가로등 만드니 네온 불빛 찬란하네

꿈 주인은 가고
꿈들이 꽃처럼 핀
오늘을 즐기는 주인은 누구

찰나에 무수한 꿈이 유성처럼
반짝 사라져 별똥 되고
살아남은 꿈은
주인 찾아
꽃으로 필 거라네

꿈 꽃으로 피어날 한 모둠 생각에
정기를 모아본다.
훗날 주인은 누구

글 찾는 나그네

1

바람 따라 물 따라
꽃 찾아 산 넘고
구름에 영혼 싣고
어디로 가는지 묻지 말고
그냥 가는 시인은 글 찾는 나그네

2

풀잎 되어 바람에 흔들리고
꽃잎 되어 벌 나비 부르며
구름 타고 유람하는 시공간
넘나드는 글 찾는 나그네

3

동강 따라 하얀 배 타고
서강 따라 검은 배 타며
집 찾아가다가
요양산에 갇힌 글 찾는 나그네

설명 : 하얀 배 – 낮, 검은 배 – 밤
(시인) 짧은 시

경로당(敬老堂)풍경

노인정(老人亭)으로 구분되고
경로(敬老)가 끝나 버린
노인만 있는 집이다

꿈 많던 젊은 날이 안개처럼 사라지고
기억마저 몽롱하여 어제가 오늘 같은
몽유(夢遊) 속을 사는 사람들의 집이다.

바램도 기다림도 주름 되어 헛되고
늙음은 별 없는 밤을 찾아가는
나그네 여정인 것을 이제야 알았소

늙어버린 부부는 서로를 몰라보고
한 분은 요양원 한 분은 노인정
따로 떨어져 기거하는 삶이
운명인가요

고희 된 통장이 감자 한 상자 들고 가면
모두가 반가워서 우리 통장이라고 부르며
반가워하는 모습이 왜 그리 슬프게 보이는지요

품에 안은 자식들 고생시키지 않겠다고
밤낮으로 일만 하던 어머니들이 할머니가 되고
외로운 노인정에 주인처럼 보이는 것이
아픈 상처인 것처럼 느껴지는 내 마음이
잘못되었을까요

최저 빈국에서 부자 나라가 되기까지
크고 작은 변화와 사고 속에 무디어진
감정 잃어버린 감성 세월 속에 사위어지고
노인정의 유월은 돌아오지 않을 파란
잎새들을 바라보고 있습니다

제목 : 경로당(敬老堂)풍경
시낭송 : 박영애
스마트폰으로 QR 코드를 스캔하면
시낭송을 감상할 수 있습니다

만덕동 마래터널

일제 강점기 흔적이 귀곡(鬼哭) 되어
아직도 굴(窟) 속에 사는 듯
바위 동굴 정.망치 자국에 눈알처럼
박혀 있다

맨손으로 정.망치 들고 바위를 뚫어
이 땅에 최초 바위 동굴 터널을 만들고
군사기지에 수탈당한 원혼들
떠나지 못하고 맴돌고 있는 거다

아픔에 몸서리치던 젊은 그대
한 많은 세월 어떻게 살았소
목마르고 배고프고 향수에
그리워 울던 모습 굴속의 정.망치
자국에 알알이 색인 되어 있습니다

눈물방울처럼 떨어져 가는 바위 파편에
못다 한 첫사랑 울부짖고
두고 온 처자식 한숨 소리 섞여 있다

죽어도 용서 못 할 그 순간
세월 속에 사위어져 잊었는가?
청춘에 봄이 피맺히고 한 맺힌
마래터널에 피어 웃고 있구나

폐선된 철도 위에 레일바이크
레포츠 카. 다 딱 거리며 달리고
생기발랄한 웃음소리
터널 속을 나들이하며 아픈 사연을
역사 속 무덤으로 모아간다.

제목 : 만덕동 마래터널
시낭송 : 박영애
스마트폰으로 QR 코드를 스캔하면
시낭송을 감상할 수 있습니다

여울목 폭포

지나가야 하기에
소리를 내지 그냥 갈 수 없어
이름표 붙인다.

언제나 기운을 느끼고
얻어가는 힘은 맑은 물소리
발 담그기 좋은 자리에 앉아
콸콸하는 소리에 취하고
율동하는 볕뉘 넋 놓고 바라본다.

폭넓은 위쪽 물 느리게만 흐르고
조용한 모습이 모범생 같더니
여울목 반나 용쓰는 모습이
춤추는 클럽에 이름 모를
막춤으로 뭇사람 시선을 뺏어간다.

돌진하고 흥이 난 괴성은
산천이 울리고 산새들마저 흥분하여
높은음자리로 지저귄다.

언제 배운 다이빙이냐
망설임 없이 몸을 던지는구나!
폭포라는 이름표 붙이고
뛰어내리는 광경은 장관이다.

물보라 일으키며 물안개에
무지개 막춤으로 화답하는
무대 출연에 모두가 일어나
아~ 소리치며 손뼉을 친다.

뻐꾹새 소리

종고산 뻐꾹새
소리꾼처럼 노래 부르고
매실나무에 찾아온 박새
푸드덕거림에 잠자던
고양이 눈을 뜬다.

참새들 지저귀고
깍~깍 울던 까마귀
여운을 남기고 날아간다.

이른 아침 뻐꾹새 노래의
고정된 음정에 안정감을 느끼며
곁잠에서 일어나기 싫어 뒤척인다.

희번하게 동이 튼 하얀 창문이
일어나라고 손짓하는 듯
게으름을 질책하니
곁잠마저 사라지고 천장만 쳐다본다.

가뭄에 타버린 장미꽃잎 애처로워
물 한 바가지 퍼다 주고
다시 예뻐지라고 혼자서
구시렁거린다.

사연을 모르는 뻐꾹새는
고정된 음정 그대로 노래하니
시간이 멈춰있는 듯 조용한 아침이다

가슴에 묻은 꽃

노란 하늘에 하얀 꽃
멀어져 가는 유영(遺影)처럼
내 품을 떠나가니
꽁지머리 잡힐 듯하여
까치발 세우고 뛰어오른다.

아슬하게 잡히지 않는
유영(遺影)에 꽃 노란 하늘에
무수하게 피어 호곡(號哭)한다.
멍든 가슴의 색깔은
그러데이션 점점이 되어
검정 꽃으로 장식한다.

눈물의 강은 말라가고
미어지는 슬픔은
검정 꽃으로 가슴에
묻혀온다.

아파도 살아야 하는 이유는
파란 하늘을 보겠다고
깜빡이던 동심 어린 눈동자
잊을 수 없기 때문입니다

의심의 끝텅

오늘을 버티고
내일을 얻으려 했지
눈처럼 사라진 내일
간곳없어 두리번거린다.

의심은 시작되고
허탕은 연결되어
의심만 남은 끝텅으로
믿을 수 없는 경계를 들락거린다.

믿음 반 의심 반
온전한 모습 찾을 수 없어
소주와 맥주를 섞어야 술이
되는 반죽의 날들 속에
없어진 사랑을 찾아 헤매는
영혼들의 초혼은 언제쯤 오려나

의심의 늪에 빠져 허우적거리는데
사랑하는 자야 왜 의심하느냐
손 잡아 주는 구도자 누구 없소
대답 없는 이 세상 하직하는
고독한 꽃잎은 붉은 노을 빛깔로 물들어간다.

돌고 헤매다 잃어버린 젊음
짙은 향수에 그리는 엷은 미소마저
늙은 주름이 되고 떠나갈 시간을
예약하는 가래 끓는 소리에
새벽은 조용하게 잠이 든다.

장미의 유혹

예쁘기만 하세요
날 부르지 말고
그렇게 흔들면
모두가 쳐다봐요

바람 핑계 대지 말고
가만히 서 계셔요
오월의 햇볕에 일광욕하시나요?
농염하고 요염한 자태에
넋을 잃은 껍데기
방향을 찾지 못해 주변을 서성입니다

짙은 빨강 색깔에
허물어져 넋을 빼앗긴
껍데기 해가 지고 달이 떠도
잔상을 지우지 못해
우두하니 바라봅니다

꿈속에 붉은 장미 오월의 여왕
달콤한 사랑의 세레나데 부르며
내 사랑 전부를 보내노라.
가시에 찔려도 그대를 사랑하노라.
고백받은 여왕의 품에 살포시
안겨본다.

참 좋은 친구

그냥 편한 사람
한마디 말이 없어도
공간을 가득 채우는 이야기꽃

심심하지 않아서
그릇이 가득 채워진 느낌
그런 사람 내 친구입니다

물에 가면 물소리로 이야기하고
산에 가면 바람 소리로 소통하는
멋진 내공 서로가 자랑합니다

눈빛 한 번으로
미소 한 번으로
소소한 일상을 고백합니다

풍광이 살아 숨 쉬는
아름다운 갈맷빛 물살 위에
윤슬로 춤추는 여수 내 고향

꿈엔들 잊으리까
목청껏 불러보는 깨복쟁이 친구야
지금도 눈앞에 어른거린다.

생각만 해도 입가에
웃음이 그려지고
멋진 네 모습이 물결 위에
그려져 일렁인다.

제목 : 참 좋은 친구
시낭송 : 박영애
스마트폰으로 QR 코드를 스캔하면
시낭송을 감상할 수 있습니다

숲속의 모임

정령(精靈)의 집 같은 숲
은밀한 비밀이 숨어 있는
무거운 침묵이 친밀하게
오라고 손짓한다.

누가 보낸 향기인가 은은한
아카시아 품위 있는 향기에
매료되어 더 짙은 향기를
찾아간다.

먼저와 있는 산새들의
노래 이야기 들으면
어지럽고 시끄럽게
느껴지는 음감을
반복해서 들어보면
잡힐듯한 음계들이
오선지에서 춤을 춘다.

무심하게 바라보면
소나무만 보이고 좀 더
살펴보면 담쟁이덩굴
칡덩굴 등나무 덩굴들이
경쟁하듯 나무 등을 타고 올라간다.

끈질긴 덩굴들의 줄타기 놀이에
아사(餓死)당한 거목의 쓰러진
모습이 안타까워 혀를 끌끌 찬다.

숲속의 모임도 속 깊이 들여다보면
신비와 아름다움의 뒤안길에
생존의 싸움이 치열하구나!

제목 : 숲속의 모임
시낭송 : 박영애
스마트폰으로 QR 코드를 스캔하면
시낭송을 감상할 수 있습니다

고물 속 여행

신선한 충격
고물 속에 있다.
아무리 뛰어도
보이지 않는 미래의 끝

오늘도 전시되는 무수한
새로운 것들
내일은 새로운 무덤이 되어
고물 섬을 만든다

시 공간을 넘어
언제나 쌓여 있는 고물
그 속에
예수님
피로 거름을 주어 가꾼
백장미가 있고
석가 님 굶어서 만들어 낸
사리가 있다.

나그네여 무엇을 찾는가?
보물 찾으러 쓰레기를 뒤지고
오늘 찾은 보물은
내일의 고물이 되어 쌓이고 있다

고물 속에 감추어진
보물은 신선한 충격
새로운 노정기(路程記)다

치유(治癒)하는 만남

물이 물을 만나지 못하면
말라버리고 형체를 잃어
흔적마저 사라진다.

공기가 공기를 만나지 못하면
진공이 되어 꿈 없는 불모지 되고
진공 속으로 가는 순간 생명은 사라진다.

사람이 사람을 만나지 못하면
혼자서 구시렁거리고
웃음없는 무신경 굳어버린 얼굴
사랑도 정도 없는 무도(無道)한
거리에 낙엽이 된다.

치유는 만남에서 얻고
만남은 치유의 꽃을 피우며
기뻐서 즐거움을 가열한다.

살고 보면 짧은 세월 만나서
꾸밈없이 민낯으로 모여
이야기로 속을 비워내 치유되면
오월 왕개미처럼 하늘을 날아갈 것이다

청산(靑山)에 살리라

개여울 흘러가는
언덕에 훈풍이 불면
갈맷빛 잎새들 춤을 춘다.

산새들 지저귀는 산 노래 따라
풀벌레 우짖는 어울림
청산은 가슴을 열고 오라 한다.

볕뉘 어른거리는 숲속에는
빛살에 녹은 듯 푸른색 산소 띠가
드문드문 보이는 듯 사라지고
오솔길 구석진 곳에 거미줄은
휘젓는 내 팔에 흔적 없이 사라진다.

당귀 향기 짙게 나는 오솔길 어귀
사람들은 자연산 당귀를 찾으려고
길 없는 산을 이리저리 헤집는다

향기에 취해 버린 사람들
누군가 뱀이야 하는 소리에
혼비백산 길 찾아 뛰어나온다.

물소리 바람 소리에 정신을 차리니
새소리 풀벌레 소리가 정답게 들려와
놀란 가슴 진정되고 아름다운
산야에 소풍 놀이 즐거워지니
그윽한 풀 향내에 어머니 얼굴 떠오른다.

삘기 풀 지천인 묘 가에 앉아 보니
빙긋이 웃는 어머님 미소는
아가야 너무 힘들게 살지 마라
때가 되면 우리 청산에 같이 살자 한다.

포물선 추억

우리의 이공삼공 포물선 기억
가물가물 흘러간 날들
아련한 추억이 샘물처럼
솟아오른다.

먼 나라 달러벌이 비행기 탄
취업 노동자 산 설고 물 설은
이란, 해발 2,600m 산소 70%
호흡 곤란 숨이 찬다.

날마다 기다리는 고향 편지
그리움이 사무칠 때면
날 보며 동쪽 하늘 쳐다보았다

한 주에 한 번 오는 편지에
포물선 번호를 매기고
늘어나는 편지를 모으며
기다리는 편지를 아쉬워했다.

사람마다 깊은 사연 한숨 토하며
부자 되는 꿈에 묻었다

꿈꾸는 자는 눈 덮인 산속에
노란 복수초 꽃잎인 듯
부자라는 희망이 보인다.

낮에는 뜨겁고 밤엔 찬바람이
바위를 깬다. 눈 오는 고산준령
험한 기후에도 굽힐 수 없다

달러를 벌어서 부자 되는 꿈
포기할 수 없는 의지
외국 노동자에게 기술을 가르치고
일을 시키는 궁지에
하루해가 저물어 갔었다.

대추리 처갓집

초가지붕 연기 그을음 꺼먼 서까래
소박한 옷차림 정감 넘치는 웃음
기억 속에 살아서 움직이고
그때와 지금이 대비되어
아쉬움은 눈물 속에 짠맛 같다

모두가 주름 속에 묻어지고
구십삼 세 장모님 기도에만
청잣빛 고풍이 살아서 미래를
불러 모아 천국의 황금열쇠 쥐여 준다.

담장 밖 팽나무 어릴 때 내 키만 했는데
오십 년 나잇살에 아름드리 정자나무
마을의 명소가 되어 오가는 길손
쉼터가 되어 있다.

어린이 볼 수 없는 적막한 골목길
꺼져 버린 불 사위어진 재라도
남아있기를 고대하며 이 골목 저 골목
기웃거리며 돌아보아도 아무것도 없다.

싸한 마음 아쉬워 지나온 골목길
다시 돌아보며 시끌벅적했던
골목길에서 놀았던 추억이 쓴웃음을
웃게 한다.

말의 씨

무수하게 뿌려진
말의 씨 헤아릴 수 없이
많이 주고받은 사랑의 밀어
마음에 색인(索引)되어 눈을
깜박이며 살아있는 말
오늘도 꽃비처럼 날고 있습니다

청정한 시냇가 풀숲에서
반딧불처럼 살아 오르는
말무리 눈에 넣어도 아프지 않을
내 아들 어디 갔다. 이제 와
배고프지, 밥 먹어라.
꼭 껴안아 주던 그 품속
따뜻한 말은 아직도 내 마음
밑바닥에 똬리 되어 살아 있습니다.

우리는 할 수 있어
당신은 해낼 거야
가냘프게 보이던 한 여인
세파(世波)에 깎이고 닳아져도
고운 말 심은 당신의 말씨
오늘도 마음속에 자라며
행복의 요람 보석처럼 반짝입니다

눈 감으면 보이는 꽃

오래된 돌담길 따라
이끼 향기 배어나는 곳
우둑하니 바라보는 고란초
눈망울에 마음을 열어 본다.

고란초는
백마강 고란사를 연상하며
삼천궁녀 꽃비 모습에
울컥하여 눈을 감는다

포기하지 마세요. 고란초의
간절하고 애절한 만루에도
임은 가셨습니다

곱게 포장한 말은 순정
왕의 여자 정조 지기는
모습이라 하지만 아닙니다. 급박한 순간
어쩔 수 없는 선택입니다

몰려오는 적들의 칼 앞에
선량한 백성의 죽음을 보고
쫓겨서 낙화암 벼랑 위에 섰습니다.

말로만 궁녀지 왕의 얼굴 구경도 못 한 피지 못한
어여쁜 애기 궁녀 죽기 싫어 얼마나 발을
동동거렸을까 코끝이 시큰합니다

언니들 틈새에 고란초처럼 끼어서
공중으로 날아 떨어진 곳
백마강은 고요한 침묵 속에
기억 잃은 침해처럼 평온하고 조용하게 흘러갑니다

움직이는 장미

흔들흔들 바람결 따라
춤추는 모습에 혼미해진
기억들 되살아나와
너와 함께 고고 춤을 춘다.

새드마인드 럭키마인드
될 때까지 흔들며 현란한
사랑의 몸짓 오월의 여제
장미의 마음을 얻기까지
춤추다 쓰러지련다

꿈속에서라도 왕관 쓴
여왕의 팔을 끼고
아카시아 향기 속에
사푼사푼 나비걸음
걸으며 농익은 사랑의
밀어들 그림 되어 남고 싶다

오월의 여왕 빨강 장미는
오늘도 우리 집 화단에서
바람과 함께 내 마음을 안고
흔들흔들 고고 춤을 추고 있다

바람 바람

힘으로 느껴지고
눈을 감게 하네
귀를 막게 하고
온갖 것으로 공중을 장식하여
하늘에 성을 쌓고
바다 위에 성을 쌓는다

지평에 검은 방을 만들어
무력한 우리를 벌레로 만들고
한 칸의 공간을 찾아 뛰고
모든 창문을 닫게 한다.

미세한 먼지들이 조그마한 공간을
좁혀오고 마지막 남은 창문마저
닫게 하는 바람
돈바람
땅 바람
선거 바람 공약 바람
역병 바람에
모두가 멘붕 피지 못한
청춘에 서리가 내리다

우리의 청춘 이대로
낙엽 되기에는 서러워
울지도 못합니다
바람아 인제 그만 제발 그만

송화 날던 날

천년을 날았지
똑같은 날 늦봄 초여름
노란색 옷 입고 공중혼인
누가 신랑 신부인지
알 수 없어도 둘이는 만나
주례도 없이 살짝궁
초야를 지나고 강으로
바다로 신혼을 즐긴다.

스스로 깨워주는 자력은
천년의 내공 안내자 없어도
공중을 날아 만남의
주인공 되고 솔방울의
어미가 되는 영광을 이룬다.

진하디진한 사랑은
끝까지 연노랑 색깔로
변하지 않는 징표 간직한
아름다움을 자랑한다.

바다의 봄 숭어들
사랑을 껴안은 송화
한입 마시고 더욱 예뻐져
물 위에 뛰어오르니 용이 된 듯
몸 자랑한다.

생동하는 봄놀이 산에서
바다에서 제자리에서
웃고 웃어 나에 봄을 알차게
이 봄을 껴안고 빙글빙글 돌아간다.

죽어서 피는 꽃

어두운 밤 지나 새벽이 오고
어제보다 더 밝은 태양이 뜨면
지난밤을 잊어버린다.

삶은 죽음과 함께 태어나
버림을 먹고 자라며 영원(永遠)을
노래하다 가사를 잃어버린다.

헤매다 뒤돌아보면 무슨 노래를
불었는지 생각이 나지 않아
멍하게 서 있다

하늘이 없는 곳에서
하늘을 쳐다보니 모두가
미쳐버리고 아이만 울고 있다

순수함을 잃어버린 마음은
씨 뿌릴 밭을 버리고
제 살 속을 파고들며 황무지에
씨를 뿌리니 끝에 가서 사라져 버린다.

울던 아이 눈물 멈추며
파란 하늘 찾아 정신을 다잡고
순수를 바라보며 웃어 본다.

잃었던 순백(純白) 마음
돌아온 순수세상
아이는 미쳐 버린 자들의
무덤 위에 새 하늘 모양의
우람한 꽃을 피우려 한다.

파래들 이야기

내 이름 파래야!
우리 형제 매생이 파래. 감태 파래
갈파래. 신경이 파래란다
이른 봄 다들 꽃들 유혹에
정신이 팔려 눈 한 번 주지 않는
당신들 미웠습니다

짝사랑에 한숨 쉬며
보란 듯이 물결을 안고 출렁거리며
몸매를 가꾸고 흠 없는 파란 바다 색깔
옷 입고 시장에 왔다.

여기 시장에도 꽃들이 장바닥을
점령하고 장꾼들 꽃들만 쳐다보니
없던 병 시기와 질투가 가슴을 조여와
한쪽 구석에서 하늘 보고 누워 있으니
바닷물결 자장가 그리워져 눈물 납니다

여기 봐 매생이 감태도 있구먼
날 찾는 할머니 정갈하게 쪽머리 비녀하고
하얀 동전이 돋보이는 마고자 입은
조선 할머님 봄에는 뭐니 뭐니 해도
매생이 떡음에 감태무침이 최고라며
덥석 예쁜 가방에 담고 차를 태워준다.

버려진 듯 외로웠는데 나도 이제 세상 구경
제대로 하는 것 같아서 내 몸값을 느끼며
기뻐서 나도야 간다. 노래한 곡 불러봅니다

창문에 뜨는 달

창문으로 찾아온 새벽달
변한 것이 없는데
출렁이는 마음은 파도처럼
달을 안고 세노야 추억 속을
헤매고 있다

달 모양 변하면 추억 모양
달라져 상상의 동산을 헤맨다.

생각은 뚜렷한데
기억은 희미해 불러보는
이름이 뒤섞이고 웃어주는
모습은 이름 모를 친구 되어
야, 야로 부른다.

이지러진 달이 쭈그러진
내 모습인 듯 무담시 손을 내밀고
잡아달라 보채 본다.

냉가슴 냉소를 품어내고
조금씩 봄바람에 녹아 흐르니
달도 웃고 내 마음도 웃는다

동쪽으로 간 남자

떠나고 싶어 해 뜨는 곳에
용서 없는 사랑에 아픔을 안고
길 찾아 맴돌다 보니 희미한
빛 찾아 가슴을 펴고 머리를
들어본다.

누가 손짓 안 해도 비쳐오는
햇볕을 따라서 발길을 걸어본다.

해 질 녘 빈 의자에
앉아서 눈감으니 어머님
품속 햇살처럼 따듯해
살포시 잠이 든다.

스치는 바람에 눈떠보면
자애(慈愛)한 어머님 간곳없고
어두움에 두려워 움츠릴 때
내 볼을 꼬집어 본다.

아파 살아있어 배고파
동쪽으로 간 남자
반나절 걸어서 몽돌 있는
바닷가에 마음 빼앗기고
여명에 비쳐오는 햇살
마음에 담아 새로워 지려 한다.

부활의 기쁨

예수께서
이르시되 나는 부활이요 생명이니
나를 믿는 자는 죽어도 살겠고 살아서 나를
믿는 자는 영원히 죽지 아니하리니
이것을 네가 믿느냐(요 11:25)

대답
주는 그리스도시요
세상에 오시는 하나님의
아들이신 줄 내가 믿나이다(요 11:27)

즉문즉답 한번 해봅시다
연극의 대본이 아닌 생명의 비밀이 있는 진실게임
진리와 진실이 부딪칠 때 기적의 성령 스파크 일어나는 현상
체험자만 느낄 수 있는 천국의 열쇠입니다

깊고 간절하게 기도하고 대답해 보세요
분명히 스파크가 전신에 흐르고 기쁨이 넘칠 것입니다

세상의 죄를 오물같이 뒤집어쓰고 짐승같이 살았더라도
짧은 순간 진심이 진리와 부딪쳐
성령이 스파크 되어 주는 하나님의 아들인 줄 내가 믿나이다
하는 신앙고백 하게 되면 부활의 역사 영혼 구원 기적이 이루
어진답니다

교회와 성당 열심히 다니며 주일성수하고
성경을 줄줄 외우며 주변 사람들이 너는 천국에 갈 것이라고
하더라도

성령의 스파크로 주는 하나님의 아들인 줄 내가 믿나이다 하는
고백이 없다면 부활과 구원을 말할 수 없습니다. 믿는 자여
깨어 기도합시다

종교의 구분 교회와 성당 다니고 안 다니고 관계없이
모두를 창조하신 창조자의 똑같은 피조물이며 자녀입니다
창조자의 계획을 함께 알고 따라가 천국 마당에서
부활을 기뻐하고 구원을 노래하며 우리 함께 큰 잔치 합시다

아름다운 변화

눈보라에 홀로 외롭던 매화
꽃피는 기상에 동장군 숨었는데
꽃비로 길 만들어 잎새들 불러온다.

파란 옷 갈아입은 의연한 청년 같은 모습
늠름한 매력에 다가가 보니
콩알처럼 매실이 달려 있다.

무심한 세월 속에 밤낮으로
일하여 만든 변화에 경의(敬意) 합니다

꽃은 꽃대로 잎은 잎대로
아름다움을 만들어내는 매화의
놀라운 예술작품에 탄복합니다

침묵 속에 또 다른 모습 청매실을
만들어가는 참한 모습은 자랑스럽소
짬짬이 바람과 놀아주고

비와 햇빛에 인사하는 맑은 모습
파랗게 영글어가는 청매실 연가(戀歌)에
심취하여 한세상을 더 살고 있는 듯합니다

함께 가요

누가 웃었어
당신이었군요.
음치 노래에 손뻑을 쳐주고
졸작 시에 울어 주던
따뜻함은 으뜸입니다

가수는 노래에 울고
시인은 시에 울어요
응원 한마디
마음을 보듬어 주었어요
고독에서 불러내
주시고 위로에 품에
안아주시는 당신은
진정한 시인입니다

좋은 시 이끼를
머금고 세월 탑을 쌓아
고서 속에 오늘로 피어나는
당신의 현명한 시는
다음 세상 오늘의 꽃이 됩니다

역사의 밑거름

밑에서 썩고
고약한 냄새를 풍기며
썩어서 익어야 밑거름된다.

역사의 밑거름 성서 민족 이스라엘은
노예로 사백 년을 살았다.
성서중 제일 슬픈 에레미아 애가는
인육을 먹는 참혹상이다

우리 역사 단기 4355년 중
최근이 되는 임진왜란 병자호란
육이오 특히 병자호란 기근에
인육을 먹었다는 야사 야담이 있다.

우리는 밑바닥에서 썩어서
진동하는 냄새를 풍기고
익으려고 하는 숙성되지 않은
밑거름이다

아직 완성된 밑거름 아니야!
못 먹고 못 입고 허리띠 졸라매며
아들딸 학비 벌이에 일생을 바친
어머니와 누나들 때로는
사창가에 몸을 던지고 술을 따르는
작부가 되어 까만 눈을 뜨게 해 주었다.

석박사가 되고 판·검사가 되어
고대광실 높은 빌딩에 살며
덜 익은 밑거름에 취해 넘쳐 버린
벼처럼 꽃도 열매도 맺지 못하고
키만 크고 꽃과 열매 없이
죽어 가고 있다

아~ 사랑하는 자여
우리 다시 한번 깨우쳐 일어나 보자

오동작

꿀벌들이
불규칙한 날씨에 오동작하여
모두 꿀 따러 갔다가
갑자기 추워져서 돌아오지 못하고
한꺼번에 얼어 죽었다

싸움에서 죽을 것 같던
무림의 고수는 삼십육계로
도망하여 바위산을 기어 올라가
자손을 지키고 살아남았다

컴퓨터의 오동작은
디버깅을 수시로 작동하여
버그를 쫓아내고 움직임을 지킨다.

수시로 발생하는 오동작
원인을 알면 살아나는 방법을
찾을 수 있을 것이다

농경시대는 하늘의 이치(理致)대로
살며 풍년과 흉년을 짐작하여
곡식을 모으고 풀었다

삶의 방법이 다양하고
속도가 옛날보다 만 배나!
빠른 오늘 이 시대의
오동작 사람이 만든 욕심이
한계를 넘어 막을 수가 없다

창조자와 우리 사이에
끼어든 욕심이란 마귀의 작품
막을 방법을 모르는 인류는
당황하며 두려워 떨고 있다

방법은 하나 마음을 씻어내고
통회 자복 회개 기도하면
감사의 새싹이 솟아날 것이다

햇살 둥지

텅 빈 둥지
가버린 새 깃털 하나
보이지 않아도 날이 새면
볕뉘로 찾아드는 햇살
온기로 익어 간다.

몇 대로 울어오던
아기 울음 그치고
물소리 바람 소리에
자리를 물려주었다.

스산한 바람 장독 자리
스칠 때 익은 장이
늙어서 종갓집 찾아
문안을 여쭙는다

김나무 우듬지 까치둥지마저
비어 있다 까치도 떠가고
세월이 걸러낸 무거리에
햇살은 청량하여
하얀 민들레 웃고 있다

끝까지 찾아주는 햇살
둥지를 껴안고 내일을
바라보며 밝은 미래를
약속해 본다.

도다리쑥국

우도 좌 광
똑같이 생긴 물고기
광어와 구별이 눈의
위치다 도다리 눈은
우측에 있다.

솜털이 보송한 쑥과
또랑또랑한 눈을 가진
도다리가 맛 자랑하는
봄 미각으로 결합하여
보글보글 끓는다

향긋한 쑥 맛이
봄 향기로 입안 가득하면
뜨거운 국물이 시원하게
느껴지는 모순의 조합이다.

가물어 메마른 땅을 헤집고
강철같은 순이 아닌
연한 순이 뚫고 나오는 모습
쓴맛과 진한 향기에
풀벌레가 꺼리는 쑥이
도다리 만나 쑥국이 되어
맛 자랑할 줄 몰랐습니다

가지 마! 잡지 마!

이별의 순간은 다가오는데
아무것도 모르는 너의 눈동자
순진한 모습 훔쳐 가야 하는가요

초롱초롱한 너에 눈 속에
잔잔한 내 마음 감추기 어려워서
아무 말 못 하고 흔들립니다

꽃가지 나무들 알듯 말듯
바람에 나부끼는 모습이
가지 마라 합니다

낮달의 창백한 모습처럼
산 넘어가기 아쉬워 서성이는데
무심한 시간은 밀어냅니다

공항의 시간이 지나고 나면
배반의 장미 한 송이 피였다
시들었다고 말할 겁니다

한동안 진공상태로
둥둥 떠 있는 마음 어찌할까요
세월 가버리고 아팠던 순간들이
거울에 반사된 햇빛처럼
어두운 마음속에 비쳐오면
쓰디쓴 웃음으로 이별의 숫자를
헤아려 보렵니다

그리움

웃는 모습 그립고
우는 모습 그립다
너 가고 나 남으니
그리움만 살아 있다

별 속에 달 속에
온갖 소리 속에
살아 움직이는 그리움
아픔 되고 슬픔 되고
웃음 되어
울어버린 그리움

행여 만져질 듯
잡힐 듯 허공뿐인
너 그리움
시공간을 넘어
피멍으로 가슴속에 찾아와
썰물처럼 사라져
펄 빛 드려 내밂

바람처럼 가고 올뿐
그대로 그리움이다

89.10.28노트 아들 보낸 1년 후

순풍에 돛을 달고

파란 바다
작은 조각배에
추억 싣고 돛을 올린다.

돛 줄을 매고
바람 세기를 느끼며
키를 잡아 파도를 가르고
달리던 옛 추억 눈에 선하다.

돛단배 사라진 부둣가에
추억만 남아 사공의 뱃노래
들리는가? 귀를 세워 본다.

잔물결 파도 일렁이는 바다
갈매기 날고 여객선 오가는
그 바다에 정든 사람 꿈꾸던
희망이 노래 들려온다.

돛단배는 간곳없고
제트엔진 보트에 낭만의 연인들
속도에 취하고 경치에 홀려
새 기쁨으로 새 시대 열어가는
모습 부럽습니다

부둣가 귀퉁이에 홀로 남아
버려지지 않는 추억에 이끼
더욱 파랗게 살아 오른다.

오일장 사람들

그 자리 그 할머니
저 자리 과일 장사 아저씨
여기는 생선 파는 아줌마
꽃샘추위에 똑같이 움츠린다.

봄나물
냉이가 바구니에서 고개 들고
쑥이 여기 쑥이요 손 흔들며
달래는 긴 머리 간추리며 빙긋이 웃어준다.

각가지 묘목들 꽃눈 싹 눈
함께 뜨고 모여서 주인을 기다린다.
좋은 주인 만나서 예쁜 꽃 피우고
알알이 맺은 열매 그대에게 드린답니다

봄나물 한 줌 집어주는
할머니 손등에 주름보다
세월의 주름이 더 많은
오일장에 수많은 사연
보일 듯 말 듯 어슴푸레 숨어 있다.

봄동 배추 한 바구니 주세요
주름진 이마에 오일장
단골이라 쓰여 있으니
주름으로 웃어준다.

웃는 주름 반가워서
다음 장날 또 만나잔다

꽃 피는 춘삼월

꽃 피는 춘삼월
듣기만 해도 봄이요
말을 하면 한 줄 시입니다

이월 매화는
삼월 준비하느라
오들오들 떨면서 꽃을 피웠다

이고 지고 오는 꽃대궐
손에 손잡고 구경 오시래요
벌 나비 꿀 짐 무거워도 일하는 보람
즐거워서 날밤 가는 줄 모르고
꽃가루 털며 꿀을 땁니다

꽃단장 예쁜 봄
흙 향기 아지랑이 땅 소식에
물오른 나뭇가지 춤추고
바람은 구름을 잡아 봄비로
하늘 소식 전합니다

자연의 무대 거대한
합창단의 하모니는 껍질 벗는
역사를 만들어 생명을 잉태하는
살아있는 음악입니다

절묘한 순간의 결합은
흉내 낼 수 없는 포착예술
삶은 순간순간 이어진
기적의 역사 이야기 같습니다

친구야 우리도 봄 속에 동화되어
봄이 만들어준 기적의 순간
변화의 기쁨을 자연 그대로 즐겨보자

독립 만세 오일장터

일제 강점 억압
자유가 그리워 항거
반항에 목숨을 걸고
도망하며 숨을 곳을 찾는다

매화 꽃비 내리던 날
때 이른 무궁화 금수강산에
하얗게 피어나 만세 합창 외쳤다

자유의 꽃으로 피였나
백의 입은 백성들 순진무구
비폭력 맨손으로 손에 손에
태극기 들고 장터거리에서
울부짖던 외침을 장터는 기억한다.

오일장 유전자 아직 살아 있어.
끈질기게 그 자리 지키고
만나고 싶은 그 사람 기다린다.

주름으로 암호를 알리고
웃음으로 해독하는 눈빛에
안타까운 마음은 콧잔등 시리다

갈라놓고 찢어놓고
숨어서 손가락표시로 독립투사
잡게 하던 앞잡이 후손들 지금도
철면피로 부끄럼 모르고 남겨준
재산에 큰소리치며 이 땅을
더럽히고 있다

얼어붙은 양심 깨워서 용서를 빌어라
기득권에 숨어서 돈 장난 하지 마라
참회의 순간 놓치고 위장하면
금수강산 아름다운 땅 기운이
입에서 토해낼 것이다

날개 달린 마음

시작도 끝도 모르고
무한대로 날아다니는
유랑하는 방랑자
빛의 속도로 세계를
무전여행 하는 자유인
늙을 줄 모르는 마음
따라다니지 못하는 몸은
세월 탓하며 마음에서
이탈하고 싶어진다.

오늘은 설국의 빙산에
가서 얼음 타고 떠내려가는
흰곰 손잡고 두려워하지 말아라
위로하며 공황장애 치료해
주고 싶다

내일은 북극 하늘 뚫어진 구멍
오존으로 메우고 와야지
모래는 아프리카 사라진 숲
복원하여 산소공장 점검하련다.

일이 다 끝나기도 전에
코로나 먹고 죽어간 끝없는
묘지 앞에서 천국행 열과
지옥행 열 구경한다.

누군가 어깨를 툭 친다.
너는 어느 쪽이야.
줄 똑바로 서란다

갑자기 작아져 버린 내 마음
줄행랑쳐 방문 닫고 창문에
커튼 치면 움츠려 버린 작은 모습에
혼자서 씁쓸하게 웃어 본다.

초봄 초심

이른 봄 첫 마음
개구리 눈 떴을까?
궁금하여 챙기는 모습
이웃사촌이다

관심은 연심이 되어
물어보고 싶어
까치발을 세운다.

동구 밖 매화꽃 피웠겠지
개나리 산수유 벚꽃
진달래 지금쯤 꽃눈을
뜨고 있겠지요

초봄의 일상은
잠자는 꽃가지 흔들어 깨우고
초심의 일상은
흩어진 마음가짐 다잡게 한다.

초심으로 깨어나자
처녀림 같은 시 밭에
초봄 햇볕으로 찾아가

단비가 오는 날
장원급제 어사화 쓰고
청초하게 일어나 보자

물맛

물이 맛을 가지려고
긴긴 세월 흘러갔었지
바다에서 증기 되어
구름 되고 소낙비로
땅속에 숨어들었다.

바위에 막히고
질흙에 갇히고
나무뿌리 마시게 하고
풀뿌리 지나며
스스로 얻은 힘이
맛이 되었다.

물맛에
하늘 땅 바다가 섞여서
온갖 것 다 씻어내는
기운이 있다.

봄기운 내는 물맛
자연 따라 인연 따라
만나는 임자 따라
다른 맛 자랑한다.

거름 주는 손

파리하다
피죽 한 그릇
못 먹은 것 같다

과붓집 논밭 태(態)가 난다.
누가 거름을 만들겠어.
거름이 없으니 농사가
안되지

두엄터가 비어 있는 집
가슴속도 비어 있어.
애태우는 속을 누가 알까?

짚. 풀 없고 분뇨(糞尿) 없으니
퇴비를 만들 수 없어 수심이
깊어져 병이 된다.

옆집 두엄 썩는 냄새가
부러워 자주 쳐다본다.
하얗게 피어오는 김을
바라보며 한숨을 쉰다.

삭히어진 두엄을 얻기 위해
두엄 집에 궂은일 해주면
조금이라도 얻어야 한다.

얻은 퇴비로 작은 밭에
뿌려주고 덮어주면
튼실한 무 배추 수확한다.

김장하여 맛있게 먹는
아들딸 쳐다보며
그래도 잘하였구나!
혼자 속을 달래어 본다.

봄 부르는 소리

눈바람 살을 에는
밤이면 간절하게
불러 보았다

봄아, 어서 와
봄 부르는 소리가
여기저기 곳곳에서
들려온다.

매화가 부는 소리에
꽃잎으로 대답하는 봄
그냥 얻어지는 봄이 아니더라

밤새워 기도하며
소망하던 개나리
노란 꽃 얻어 입었다

갯바람에 흔들리는
동백은 빨강 꽃
판타지 꿈에 부풀어
먼바다 왕자를 부르고 있다

봄을 부르는 몸짓을
남들은 낭만이라 하지만
우린 힘겨운 생명
살기 위한 몸부림이랍니다

바람에 흔들어 주어야!
피 같은 수액이 우듬지에
올라와 꽃눈을 틔우고
잎새를 세워주지요

애타도록 부르던
햇살 고운 봄볕은
판타지의 주인공 환상의
연출자입니다

주지 못한 마음

봄동 비어 있는 속처럼
휑하고 나가 버린
주지 못한 마음
아직도 파란색인데

이제야 채워진 게 속되어
주고 싶어 찾아왔지만
그날들의 주인은 어디로
가셨습니까

그날도 오늘처럼
파란 하늘에 하얀 구름 보였지요.
옷깃을 여며 주던
따듯한 손 냄새
가슴에 남아 있는데
너무나 뚜렷한 미소가
주지 못한 마음에
아픈 생채기입니다

좋아하는 것은 죄가
아니라며 한사코 쫓아오던
누님 같던 내 친구
마음을 움켜쥔 냉랭한
나에게 노란 목도리
걸어주던 밤 별난 느낌은
이별이었습니다

주지 못한 마음 아쉬워
청순한 프리지어꽃
한 묶음 사 들고 오는 봄
맞이해 보렵니다

깨어나라

묻어버린 희망
묻힌 사랑
가장자리 어디엔가
숨어서 눈만
깜박거리는 떡잎 같은
잡히지 않는 그리움 있다

새봄이 올 때
꽃잎 속 새싹 속에
감춰진 향기처럼
진하게 배어 나와
기억 샘을 터트려 버린다.

깨어난 향수 배고프던 가난
부끄럽던 짝사랑 보내지 못한 연서
감추지 못한 마음 첫사랑 고백
잃어버린 추억들 한꺼번에
쓰나미로 밀려온다.

내 마음에 히로인
가마 타던 날 밤새워 울었던
못난 순정파 아리던 마음이
지금은 빙긋한 미소로 변하였다.

올림픽

지구촌 대표 선수
올림픽에 모여서
힘 자랑 머리 자랑한다.

가쁜 숨 몰아쉬며
뛰고 달리며 나라마다
국기 휘날리고
젊은 피 뜨거워진다.

질주하는 경기에
손뼉을 치고 훈련
했던 모든 것 쏟아 낸다.

매달의 기쁨 개인과
국가의 명예 영광의 순간
피땀으로 얻은 메달의 색깔
자랑한다.

대한민국 낭자와 건아들
순수하고 발랄한
거짓 없는 진실의 실체들
아름답다

한순간도 놓칠 수 없는
몸으로 말하는 진실
국민의 마음 모으고
함성하는 소리 모아
기를 보낸다.

아리송해

메타버스 육 차크라
혼 문이 열려 영혼이
깨어나는 가상현실 스크린 되면
현실에서 깨어나지 못한 영혼의
아픔은 상상하지 못했던
슬픔이 된다.

내 영혼이 깨어나지 못해
혼 문을 열지 못하고 있는
모습을 어떻게 표현해야 할까요

가상이 아니고 현실이면
가슴 치는 통곡 애통의 모습에
허겁지겁 몸이 영혼을 구하지
못하는 광경을 표현할 수 없는
지옥이 될 것이다

몸속 단전 기의 수치를
메타박스 시스템에 입력하면
개인 영혼의 형상이 보일까요
아리송합니다

신을 과학으로 접근하는
가상현실 신인 합일을 보는
순간 욕심이 사라지고
영원한 평화가 올 것입니다

설명 : 메타버스 : 가상현실
6 차크라 : 여섯 번째 윤회 영혼이 깨어남

화려한 외출

기지개를 켜고
상쾌한 바위 밑에 이끼
냄새 맡으니. 언제 잠들고
깨어났는지 기억이
가물가물하다

오랜만에 햇살을 바라보니
눈이 부시다 지난해 가을
함께 놀던 짝꿍이 생각나
옆을 보니 아직도 자고 있다

흔들어 깨웠더니
부스스 눈을 뜨고
왜 깨워 짜증스러워한다.

아침이야
배고프지, 나가자
사이좋게 기어 나와
갈대숲 물웅덩이에 와서
갈대에 달려 있는 아침 식사
배불리 먹고 햇빛 즐기며
애무와 사랑놀이하고
자식들 자라날 곳 둘러본다.

우리 올챙이 시절 여기서 컸어
바람도 산들산들 그늘 좋은 곳
여기가 남향 좋은 터다

물 지나가는 갈대숲에 알집을 놓고
뿌듯한 마음으로 어깨 으쓱하며
사랑 눈 깜박이며 하늘의 축복 빌어 본다.

살아 숨 쉬는 땅

땅 기운 느끼고
하늘 바라보며
새 하늘의 힘을 받는다

정기 어린 금수강산
숨 쉬는 소리 들린다.

도랑도랑 모여들어
실개천 이어주고
줄기 따라 모여든
실개천은 샛강이 된다.

샛강이 모여들어
섬진강이 동맥처럼
흘러 닿는 광양만에
파란 봄이 찾아왔다

넓은 땅 세계 속에
생동감이 넘치는 우리 땅
숭어가 뛰고 은어가 뛰는
생맥을 느끼며
감사 기도드린다.

넓은 눈 깊은 눈

어른스럽다 어린애 같다
그게 말이 돼 티격태격 끝없는
말싸움 학교 같다

설날 할아버지께 물어봐야지
야무진 손녀 물어본다.

할아버지
어른스러운 것 어린애 같은 것
어느 것이 좋아요? 뜬금없이 물어보는
질문에 아들 부부는
당황해한다.

어린이는 어린이 같아야지
그냥 재밌게 놀아
너무 빨리 어른 되면
걱정이 많아

어른하고 어린이하고
뭐가 다른가요
보는 눈이 다르지
어른은 넓게 보고
어린이는 깊이 본단다

몰라요. 할아버지 말씀
손전화 들고 뛰어간다.

꽃무릇 글 무릇

꽃무릇 피던 날
글 무릇 피였지
만나지는 못해도
그리워 애달픔은
동병상련 같아서
껴안아 보았다네

상사화 애절함에
글 무릇이 울고 있다

푸르고 청청한 잎새의
어울림은 꿈속에서나
만나야 하는 몽환이라
잊으렵니다

글 무릇 피었어도
찾는 이 없는
민둥산 잡풀 되어
눈 한 번 주는 이 없으니
그냥 시들어버립니다

생각을 섞으면

웃음이 나오지
울다가도 웃어 버리고
꿈에서 만나면 현실이 된다.

꿈은 과거 미래 구분 안 돼
모두가 지금이야.
깨고 나서 생각을 섞으면
옛날이지 무서움 오싹한다.

재치 넘치는 이야기
박장대소 웃음 속에
그리움 아쉬운 생각 섞으면
눈물이 되더라

생각의 창고는
말로는 표현할 수 없는
끝수 버리지 않으면
쓸 수 없는 답안지다

버리지 못하는 답안지
생각 창고에 공간을 채우면
늙을수록 더욱 젊어지는
요술 공간이 된다.

신비한 공간에서
슬픔보다 기쁨으로
영혼이 웃는 연습 훈련한다.

생명은 느낌

앙상한 나뭇가지에
생명 있음을 바라본다.
거미줄에 걸려 떨어지지 않는
나뭇잎에서 생명의 근원을 바라본다.

스쳐 가는 바람에
생명의 흔들림을
느껴본다.

어지럽게 반짝이는
네온사인 속에서 움직이는
우리들의 생명을 바라본다.

괴성이 터지는 곳곳에
생명은 탄생하고 사라지니
과거 현재 미래는
혼란스럽다

생명은 순순한 상식이며
앞을 바라보는 순리다

도전할 수 있는 능력이며
잊어버릴 수 있는 망각이다

생명은 느낌을 주고 모양을 만들고
날마다 변한다.

죽은 듯 다시 살고
영원한 존재인 듯 착각하고
어느 날 떠나 버린다.

그대 소중한 생명을 그림자로 살지 말고
아플 때 아프고 기쁠 때 기뻐하는
생명의 몸통 그대로 살자

매화꽃 설렘

봄이 오는 길섶에
설렘 안은 매화꽃
방긋이 웃어 준다.

설한풍에 시린 볼 감싸고
매화꽃 바라보니
파란 하늘 흰 구름 떠간다.

봄을 이끌어 오는
여린 꽃 매화
동장군 쫓아내는
용감한 기상에 경례합니다

봄의 밴드를 지휘하는 매화
오선지에 박사를
심어 살리는 율동에
봄의 광경 스크린 된다.

엄동설한 긴긴밤을
움츠려 견딘 것이
봄 광장 매화 지휘자
너를 보기 위해서였으니
보람되고 자랑스럽다

세월이 뭐기에

아무리 찾아봐도
세월이 안 보여
사람들이 다 먹어 버렸나!

온다고 하고 간다고 하니
소리도 빛도 없는 것이
피부에 달라붙어
장난이 심합니다

주름으로 말하는 세월이
뭐기에 마음을 주름지게 해
마음은 주름 없이
팔팔한 이팔청춘이란다

세월아 천년을 한꺼번에
달려가도 파란 하늘 같은
내 마음은 그대로 파랗단다

가고 오는 것은 네 뜻이고
늙고 안 늙고는 내 뜻이니
청정 하늘의 별들이 큰마음에
모여든다.

어두움 속에 사랑이 반짝이고
세월이 뭐라 해도
마음은 사랑을 껴안고 별 따러 간다.

그 시절 정월 초하루

백지 같은 마음으로
다시 시작하는 날
푯대를 세우고 각오한다.

거지도 얻어먹지 않겠다고
동냥을 안 하고 노름꾼도
손을 씻어 끊으며
과거를 정리하는 마음으로
집안 어르신,
마을 어르신께 세배하러 간다.

형제들 먼저 종갓집 찾아가고
또래들 만나 동네 어르신
찾아다니며 세배하며 덕담 들었다

아련한 추억 속 보물들이
내 속에서 눈을 깜박여
누군가를 찾는다

개구쟁이 나에게
깍듯이 당숙님 오시야고
인사하던 종갓집 질부님
따뜻한 떡국과 다과상을
내오시던 그 모습이 영화같이
머릿속에 상영됩니다

그 앞에서 장난기가 사라지고
의젓해지고 싶어 마음을 꼭꼭
누르던 내 모습이 우스워
피식 웃어 봅니다

그 시절 섣달그믐날

누군가 몹시 기다린 날
설빔 장롱 위에 두고
섣달그믐날 동트기를
기다리던 그 시절의
주인공 노장이 되었습니다

섣달그믐날만 넘기면
욕 안 먹는 날 온다고.
여인의 치마 속에 숨었다던
빚쟁이 한숨 소리가
들리는 듯합니다

어느 집 문설주에 명태 놓고
엉겅퀴 가시 놓고
칼을 놓는 집 절 표 들어간
부적을 붙이며 잡귀를 떼어내고
액운 따라오지 말라는 방패란다

삼신할머니 모신다고.
짚으로 허수아비 만들고
허수아비 가슴에 돈을
넣어서 동구밖에 두면
돈을 찾아가졌지

으뜸은 연 만들기야
대나무 쪼개고 골라서
연 살 만들고 창호지 붙여
실 줄을 달면 그믐날이 가버린다.

실눈 뜨는 꽃망울

이렇게 추운데
실눈을 떴어.
귀여워 야들야들 고개 든다.

창가에 매화나무
손 뻗어 꽃소식 전하려
인사하러 왔다네

무 심심한 한겨울이
지나가는 길목에 서서
설중매의 매력이 발산한다.

실눈으로 보는 하늘은
구름으로 분장하는 모습이
신기하고 놀라워 조금씩
눈을 크게 뜨고 싶어 합니다

언제쯤 솜이불 같은
햇빛이 찾아오려나
그때가 되면 내 동무 함께
꽃 대궐 만들어 벌들 찾아들고
노숙하는 모든 자 품어 안으리다

실눈 뜬 꽃망울 기뻐하고
꽃 대궐 이야기에
움츠린 내 어깨가 들썩거린다.

마중 가자

등불 밝혀라. 초롱불 들어라
엄마가 장에 가신 날
어두운 길 밝혀 모시러 간다.

자동차 없어 발품으로 장에 가시고
가로등 없어 돌부리 채이던

어두웠던 시절 초롱불은 안전등이다.

초롱불 하나에 엄마 형 누나
장바구니 받아들고 그림자
키 재기하며 함께 걷던
정답던 모습 삼삼합니다

전기와 차 없이 느림에
만족하던 어린 날의 꿈속 여행
기억은 새롭고 추억은 아름다운데
엄마는 가고 누님이 없으니
혼자 남아 그리움의 숲을 헤맨다.

내가 모르는 푸른 언덕 저편에서
아직도 어린애로 보이는 이 자식
마중 나오실 것 같은 어머님

무명 한복 입으신 어머니 품에서
손잡고 볼 한번 비비고 싶습니다

어깃장

들머리에 고개 흔들고
시작하자 깨져 버리는
어깃장에 흔들려도
겨울은 가고 봄은 온다.

어깃장 추워도 동백꽃 피고
눈으로 덮여도 보리는 파랗다

찬바람 설한풍이 있었기에
매화는 인내의 상징되었다.

어깃장 없는 곳이 어디 있으랴
방해와 시샘 딛고 올라가며
길 위에 길을 찾아가는
묘기 같은 삶이 인생길이다.

웃음 속에 눈물이 묻혀 있고
눈물 속에 노래가 숨어 있다

어깃장에 멈춰 서도 지나가는
세월 속에 묻혀버릴 작은 점하나!
아무도 기억하지 못하는 순간이다

바람이 멈추면 바람이 아니고
물 따라가는 고기는 죽은 고기다
어깃장에 울지 말고 멈추지 말라
가는 길 가다 보면 꽃길이 되옵니다

바다와 산바람

산꼭대기 떠나!
바다야 너 보러 왔다

반응도 대답도 없는 바다야
무심하구나!
침묵 속에 가두어 버리는
답답한 가슴 없는 바다

재 넘어 바람까지
불러오니 잔물결 미소로
조금 움직인다.

너울 파도 춤은 언제 출 거냐
바닷바람이 휘파람 불면
왼쪽 돌고 오른쪽 돌며
휘모리장단 쳐야 힘 얻어 너울춤 춘다.

산바람아 그냥 오지 말고
소나무 사이사이 솔향 얻어서
솔바람으로 와 잠들게 해 다오
오천 년 숙성된 솔 향기
맡으며 깊은 잠 자고 싶다

만성리 바다는 물 손으로
몽돌 닦으며 철썩철썩
콧노래 한다.

풍등(風燈)

바람을 잡아라
바람 느끼지 못할 때
스스로 불 피워 바람을 불게 한다.

불기운으로 움직이기
시작하는 풍등에
잔바람 모여들고
센바람 불어와 높이 올라간다.

스스로 움직이고 올라가야!
박수와 감동이 있다.

예쁘게 만든 풍등에
촛불이 없다면 쓰레기더라

바람 타고 하늘 구경
스스로 태우는 불을 만들자
정열의 뜨거운 열기로
솟아올라 보자

겨울밤 하늘에 수를 놓을
우리들의 풍등
열기에 취하고 바람에
춤추는 불과 등의 조화
무심히 지나가는 바람을 잡는다

저울 위의 사랑

옛사랑은 고물
깨지고 버려진 사랑
새로운 사랑 전시된다.

조각난 생각 고정된 관념
상념들의 조합
제한할 수 없는 속도
기계속에서 음표로 변한다.

십 년도 백 년도 아닌
천년의 혼합이
순식간에 예. 아니요. 가 된다.

수많은 사랑의 밀어
밀어 보고 당겨 보는 밀당
기계 앞에서는 잔소리다

몇 근짜리 사랑을 원해요
두 근 반이요
이년 반 쓰고 바뀌어요
세대교체 주기랍니다

AI의 야무진 대답 나는 이 시대를
따라가지 못하는
증조할아버지가 되어 있다.

유월 무궁화

그때의 유월
봉오동의 승전은
기쁨을 안은 무궁화

그때의 유월
동족상쟁 6.25
폐허 속의 피에 무궁화

백범. 만해 소천 선종
슬피 우는 기러기
임 잃은 눈물의 무궁화

분홍 하얀 보라색
색깔은 달라도
깊은 속 심장이 타는 듯
빨강 색깔 하나더라

임에 부탁은 그 시절
무궁화에 묻어 두고
얽매이지 말라 한다.

무궁화 눈물을
감사의 춤으로 승화하란다

아리랑 사연

노래 중의 노래 아리랑
세계 최고 작곡자들이
뽑은 1위 곡 아리랑이다

我	理	朗
나아	다스릴리	밝을랑

참된 나를 찾는 즐거움
아리랑고개를 넘는 것은
나를 찾기 위해 깨달음의
언덕을 넘어 인고의 해탈(解脫)에서
피안(彼岸)에 이른다.

나를 버리고 가시는 임은
십 리도 못 가서 발병 난다.
진리를 외면하는 자는
얼마 못 가서 고통에 빠진다.

어느 경전을 압축하고
심오한 철학 서적을 압축한
깨달음의 노래 아리랑
어려서부터 귀에 익고
입에 붙은 우리 아리랑

내가 무지했을 때는
어머니의 화병 푸는 노래로
아버지의 술타령으로 알았다

깨달음 노래 아리랑 부르며 아름다운
시와 찬미로 참살이 행복에
얼싸안고 춤추며 웃어 보련다

예방 주사

가시광선 옷을 입고
아스트라 제네카
품에 안겨서 공격의
포문을 여는구나!

전쟁으로 이골 난
백혈 부대 너와 일전 기다렸다

승리의 전승 가를 부를 때까지
백병전 치고받는 어두운 밤
터널을 지나고 진지를 점령한 이
날이 밝아온다.

코로나 손들며 항복하고
패전의 쓴맛을 되씹지 말고
잔인했던 그 날을 반성하며
부끄러운 줄 알고 새로워져라

이제는 미련 없이 떠나가거라

속눈을 뜬다

속눈을 뜬다.
보이지 않았던 것이 보인다.

예쁘기만 하던 장미가
오월 속에 왕이 되는 모습

봉우리 속에 햇빛을 모으고
달빛에 손짓하고
별빛을 불러온다.

바람아
사랑가를 불러주오

솔솔바람 불어와 설렘
흔들어 터트린다.

해와 달 별빛이 춤을 춘다.

장미가 왕좌에 앉는다
감사로 발화된
저~~빨강 매혹스러운 빛깔

사랑에 빠져 버리란다

오월의 투쟁

빗물인가 눈물인가 비가 오네
호각 소리 총소리
마이크 소리 사이렌 소리

단말마의 앙칼진 외마디

권력 탈취의 일그러진 자화상
왕관을 빼앗는 배신의 얼굴
백성을 잡초처럼 짓밟고

스스로 머리에 왕관을 쓴 그들

울부짖던 백성은 일어섰다.
결투하는 마음으로 미래를 걸고
내일을 위해 오늘을 버렸다.

망월의 넋을 잊을 수 없다.
산자의 심장 속에 살아 숨 쉬는
망월의 넋 끝나지 않은 투쟁

변명과 감추기에 급급한
모리배들 갈맷빛 짙어가는
오월에 청산된다면

진혼의 노래 되리다

조팝나무 이팝나무

쌀밥을 이고 지고
보릿고개 넘던 그 날
종달새 날아오르고
까투리. 따오기. 알 품어
번식을 기원한다.

하늘은 파랗고
듬성듬성 뭉게구름 소풍 갈 때
회오리바람 불어
치맛자락 걷어 올리니
부끄러움 껍질이 벗어지고
내 새끼 찾는 모정
사랑 새싹 돋아난다.

아담한 조팝나무
훤칠한 이팝나무
앞서거니 뒤서거니
계절을 품고 사랑놀이 즐겁구나

다시 못 볼 오늘이 가기 전에
계절 찾은 이팝 조팝
강한 팔로 껴안고
사랑 고백하렵니다

여왕의 춤

월중 왕 오월 꽃 중 왕 장미
날개 펴는 여왕개미
학교마다 메이 퀸
참살이 주어진 구실 따라
각양각색 기가 넘친다.

눈 부신 태양은
푸른 숲에 녹아들고
내 마음은 여왕의
품속을 파고든다.

원하지 않아도
햇빛은 비쳐오고
몸 떠난 마음은 사랑을 애걸한다.

오월의 향기는 밤꽃인가?
아카시아꽃인가
임을 부르는 아카시아꽃
정을 부르는 알밤 꽃

향기에 취하고
정에 취하는 오월은
춤추는 여왕의
잔칫집이라네

백 년 나무 천년 열매

한 백 년 사는 나무
천년 가도 썩지 않는
시(詩) 열매가 달려 있네

모질게 배고파도
열매를 달고 간다.
목말라 쓰러져도
열매를 안고 간다.

만고풍상 몰아쳐도
버릴 수 없는 열매라네

봄 여름 가을 겨울
색깔이 달라져도
떨어지지 않는다네

고달파 울지 마라
외로워하지 마라.
지나가는 세월에
흔적이 사라져도
굳은 침묵으로 천년을 살 거라네

물도 불도 사르지 못하고
그 시절의 시(詩)는
노래로 불러 진다네

봄의 길목

봄은 꽃을 안고 왔어요
마음 훔쳐 가는 길목에 서서
팔 벌리고 가는 봄을 막아 봅니다

비가 옵니다
꽃비에 휘날리는 마음을
바라봅니다

아쉬움의 날개 펄럭이며
꽃잎 함께 뒹굴며 봄을
껴안고 땅에 앉을 듯
다시 하늘로 솟아봅니다

가는 봄이 아쉬워 꽃비
껴안고 춤을 춥니다
느리게 느리게
빨리빨리 너울너울
봄은 길목을 벗어나고 있습니다

꽃자루 사랑

너무나 아름다웠소
하루만 더 있다가
가라 했소

먹기 좋은 수액으로 달래며
힘껏 부둥켜안았소
막을 수 없는 바람 앞에
임은 하늘로 날아갔습니다

꿈 같은 추억 간직하고
정표로 남기고 간
한두 개의 꽃술과 화려했던
그날을 이야기합니다

다시 못 볼 임 생각에
가슴 저리며 아무도
찾지 않는 산장의 여인처럼
한때의 핑크빛 사랑을 되새깁니다

긴긴날 기다려서
뻐꾹새 우는 밤을 지나고 나면
임이 주고 간 옥동자 주렁주렁 열릴 겁니다

내 영혼의 그림자

햇빛보다 더 밝은
영혼은 눈으로 볼 수 없다.

밤과 낮의 통제에 속하지 않는다
해와 달의 권세에서 벗어난다.

내 영혼이 조영(照影)된
그림자는 내 마음이다

실체를 따르지 않는 그림자는 버린다.

지금부터 내 영혼 따라 밝은 길 가련다.
밤과 낮 햇빛이 없어도
내 영혼의 그림자 똑바로 따라가련다.

봄은 푸른초 장 맑은 물에
내 영혼을 쉬게 한다.

봄 속에 내 영혼이 잘됨 같이
내가 범사에 기뻐하며
감사하련다

봄 꼼지락

움직인다.
실뿌리에서
줄기로 물이 피가 되는 순간이다

싹을 틔우고
꽃을 피워야지
기운을 실어 열매도 가져야지

삶은 노래가 되어
벌 나비 불러온다.
윙윙하는 벌 소리에 꿈을 깬다.

가슴을 파고드는
사랑 노역에
마음이 열리고 꽃가루 받았다

꼼지락거리는 봄 속에
잠깐 우아하던 매화

내리는 빗방울에 쓰러져
순간에 꽃비 되고

봄 속에 가을로 울먹인다.

만세로 얻은 나라

만세!
만세로 얻은 나라
탑골공원 이름 모를 학생 청년
독립선언문 낭독한다.

이름 모를 누군가
만세를 선창한다.
이름 모를 누군가
태극기를 흔들었다.

만세는 태극기 안고
삼천리 반도에 물결치고
오대양 육대주 펴졌다

찢기고 할퀴고 피가 터진
잔혹상에 소름 돋아
말을 잃었다.

울고만 있을 수 없다.

버릴 수 없다.
생명 있는 모두가 일어나
만세를 외쳤다.

오늘 맞이하는 꽃피는 3월
만세로 피로 눈물로
얻은 고귀한 자산이다

애국선열들의
간절하게 가지고 싶어 하던
자유 조국 부국 조국

지금 우리는 다 가졌습니다
아련히 들리는 듯한 만세 소리
민족혼 담긴 음악으로 살아 오른다.

매실 꽃이 보인다.

봄에 온 편지 매화
실 가지에 작은 꽃
고고한 모양에 마음 준다.

엄동설한 이겨내고
꽃잎 내미는 힘은
봄의 자랑입니다

작은 꽃잎에 눈을 맞추고
바람에 나부끼는 율동에
내 마음도 함께 춤춘다.

매화야 봄의 전령사
산과 들 대지에 희소식 되었단다

나목에 연둣빛 첫사랑
알려주는 매화꽃 편지 보내련다.

목 빼고 기다리던 봄소식
매화는 봄을 옷으로 입고
바람의 호위를 받는구나!

귀엽고 작은 너의 뒤에
온 세상을 덮을 파란 군대가
진군하는 광경
빨강 심장이 벌렁거린다.

비의 노래

서서히 세차게
휘몰아치고
방울방울 떨어지다.
폭포처럼 쏟아지고
언제 그랬냐고
간간이 하늘 보여준다.

물 위에 튕기고
뻘밭에 떨어지는 음계 콩나물들
짱뚱어 뛰어 집 찾아가고
칠게들 숨을 때면
짧은 순간 들리는 소리
빗소리 추임새인 듯
다시 들을 수 없는 노래입니다

소낙비 폭포 같은 노래
가슴으로 받아내는
어머니 같은 초가지붕
시끄러운 소리
침묵의 노래로 바꿈이다

아직 침묵의 노래를 알 수 없지만
꼭 한번은 듣고 싶습니다
초가지붕에 묻혀 있는
소낙비 노래

나를 만나다

언덕 넘어 바람을 만나고
강에서 강바람 만나면
계곡에 숨어있는 바람을 물어본다.

꼭꼭 숨어있는
내 속에 바람은
언제 불어오려나

무슨 사연 있나!
불지 않는 바람은
안으로 숨어들어 간다.

뭉쳐서 기를 막고
목을 조이는 가위눌림
싫다고 흔들고 비틀어도
눌러오기만 한다.

행복이 끝나갈 때
휙~ 내 영혼을 안고
소소리바람으로
하늘로 올라가려나

그러지 말아요
아직 시간이 남아 있어요
도란도란 이야기하고
환희를 즐기며 살다 갑시다

무관심 아픈 사랑

관심이 부딪쳐
산산이 조각나네
애틋한 눈빛이 서러워지고

눈가에 맺히는 작은 물방울
내 속에 사랑 식어버리니
도망가는 사랑 따라 나도 간다.

뜨거웠던 그 날이 언제였던가
차가운 마음 나도 미워져
조각난 관심 주워들고
밤새워 울어본다.

버리기 아쉬워. 한 조각씩
맞추고 끼워서 지난날의
형상을 짜깁기해 본다.

퍼즐처럼 맞추어 본다.
구멍 난 조각 끝내 못 찾아
하얀 밤 지새운다.

불타던 사랑은
깨져버린 관심 조각에 꺼져버리고

사랑의 무덤만 덩그렇게 남았습니다

외투

입으면 문이 열리고
벗으면 문이 닫힌다.

임께 덮어주면
마음속에 정 스며들고

옷깃을 세우면 봐주라는 뜻
옷깃 내리면 겸손이란다

팔에 걸면 멋스럽고

받아 걸어 주면 친밀해진다.

오래된 외투에 각인된 당신
유행 따라 못 버리는 것은
웃고 있는 당신 모습이요

당신은 따듯한 외투요
나 또한 당신의
외투가 되고 싶소

외로운 바람 막아주고
들뜨는 바람 눌러 버티는
하늘에서 받은 한 벌 외투

파란 날 빨강 세상
검정 휘장 덮일 때까지
꼭 껴입고 가리다

외줄 인생

길이 많아
여러 길 갔다

산이 많아
여러 산 올라 보았다

이 동네 저 동네 기웃거리고
이 나라 저 나라 가보았다

삶이 흥겨워 춤추다
싫증이 나고 지쳐서
눈물 마르도록 울었다

멀리 와 바라보니
나팔꽃 덩굴처럼
꽃피고 말라버리니
외줄만 드러나더라

말라버린 외줄기
마디마디에
추억이 웃고 있다

찬밥

부스러기 지스러기
찬밥 찌끄레기
세월에 밀리면 그런 거야

미운 놈 세월은
몇 날을 남겨놓고
모진 말을 토한다.

지스러기보다
찬밥이 좋아
먹을 수 있으니까

찬밥이라도 삼키고
눈을 떠보니
하얀 눈이 내린다.

다 덮어버린다.
온 세상 똑같은 모습에
그냥 즐겁다.

길 잃은 나그네
산발한 모습이
하얗게 덮어간다.

눈 속에 눈은
찬밥으로 보인다.

홀로 핀 백장미

동지섣달 추운 겨울
백장미 피어 있다

작은 화단에 깜찍하고
귀엽고 우아한 모습
박수받으며 서 있다

신록의 계절 장미의 계절
그때 오지 지금 왔어 물어본다.

바람에 고개 흔들며
틔고 싶어서 지금 왔단다

추운 겨울 미니스커트
입고 뭇사람 눈 마음에
들어가고 싶어서 지금 왔단다

별난 백장미 끼 있는
몸짓 매혹에 눈이 고정되고
마음 열린다.

애처로워 찬바람 막아준다.
비닐 집이라도 만들어 주자

고개 흔들고 집에 가두지 말란다
꿋꿋하게 찬바람 맞서는 것이
개성이란다

찬바람 맞으며 아이스크림 먹는
매력이 좋아 지금 왔단다

생각의 섬

무지개 내려앉은 섬
거울 벽 반사광 어지러운 섬
자유가 노출되어 방종 숲 우거진 섬

무인도
물안개 자욱한
신들만 사는 신비한 섬

누구 없소

불러본다. 메아리만
돌아온다.

들어가는 순간
사망의 덫이 내리칠 것 같아
문선만 맴돌고 있다

반발쯤 들어가다.
한 발 빼는 제로섬 게임
가버린 시간에 고독이 늙었다.

늙은 고독의 독백은
아무것도 없구먼
혼자 쓴웃음을 웃고 있다

빈 마음

빈 마음은 고독의 그릇
외로움 똬리 틀고
찬바람 일렁이다

위로하는 비익조 웃는다
한 눈으로 한 발로 한 날개로
짝을 만나 함께 날아보란다

조소하는 연리지
혼자 있지 말고
마음 열고 살 열고
받아들이란다

빈 마음은 슬픈 듯 부러운 듯
고개를 저어 본다.

애틋한 골동품 같은 사랑 안 통한다.
무지하게 변해버린 지금은
빅데이터 사랑
딱 한 번 찍는 사랑

실습하고 연습하고
체험하고 맛보고
가상에 날개를 달고
끝이 없는 곳까지 날아가 본다.

그리고 혼자 돌아온다.

바람 불어 피는 꽃

여름 바람 여름꽃 피우고
가을바람 가을꽃 찾아
간다고 소식 전한다.

소식들은 가을꽃들
방긋이 웃네
코스모스 한들한들
히죽 하며 웃고 있다

이름 모를 골짜기
왜소하게 보이는
잡초라던 풀잎 사이
불어오는 가을바람에
보일 듯 말 듯 피어나는
망초꽃 예쁩니다

잠시 잠깐 바람 품에 안겨서
우우 바람 노래 함께 부르고
떠나가는 님이라 잡을 수 없어
보내는 맘 아쉽습니다

예쁜 꽃 주고 간 님
이 꽃이 떨어지면 님 찾아
가렵니다

무관심과 사랑

무관심 애태우고
지나가는 가을 길
낙엽 외롭다 하며 떨어진다.

우수수 떨어져 관심 끌게 하고
시린 가슴 매만지며 바싹거린다

살아온 세월에 숨소리
모아 들리니 새로움이 싹튼다.
그 속에 사랑 움트고
사랑이 걸어 나오는 모습에
나는 사랑길을 만든다.

무관심이 관심 되고
홍엽이 낙엽 되는 슬픈 순간에
우리 만나 함께 웃음을 만든다.

휘파람 불어 무관심 깨우고
노래 불러 관심 모았다

어린 시절에 고무줄 끊고 돌 던져
무관심 벽을 깨뜨렸지

무관심의 무덤 헤치고
익어 터진 석류 알처럼
알알이 여문 사랑이 살아나온다.

털머위꽃

나뭇잎 떨어진다.
털머위꽃 만나려고
초록 잎 시절 그리워
청록 잎 위에 살포시 앉아본다.

꽃으로 웃어주고
잎으로 안아주는
변함없는 마음에
눈물 어린다.

젊은 잎새 팔랑거릴 때
햇빛 그리워하는
털머위는 보이지 않았어.

한 시절 가고 낙엽이 되니

보인다. 밑자리에서

이름 없이 군말 없이
피어 나온 털머위꽃

늙어서 떨어진 낙엽은
털머위꽃 동네에서
어리광 부리며 뒹굴고 있다

동백꽃의 벌

동백꽃 피었다
배고픈 벌이 찾아와
주린 배 채운다.

말벌 꽃술 깊이 머리를 박고
정신없이 먹는다
아낌없이 꿀을 주는 모습
어머니 같다

며칠 전 꽃망울 부끄러운 듯한
모습은 없어지고
활짝 열고 말벌에 가슴을 맡긴다.

삶의 순서인가
삶의 과정인가
동백꽃 일생인가

빨강 꽃잎은
찬바람 추위를
따듯하게 데운다.

아는 만큼 보인다.

제 눈에 안경
그만큼 보인다.
더 보려고 하는 욕망은
눈을 감게 한다.

마음의 눈은
무한(無限)의 천계(天界)를 바라보고
무량광천(無量光天) 날아간다.

넓고 높고 깊은 세계
우일모(牛一毛) 알고 다 아는 듯 착각한다.

삶이 그런 것
알 듯 말 듯 지나간다.

막걸리 한잔 마시고
손으로 입 한번 훔치는 것

길이 없는 맹지에서
길을 만들다
지치고 잠이 든다.

그냥 아는 만큼 보는 것이
아름답더라 편하더라
행복하더라

낙엽의 노래

파란 하늘 파란 바람 불어와
흔들리는 잎새에 속삭인다.
긴긴날 한더위 잘살았느냐

이제 와 미련 두지 마라
버티지 말라 가는 길에
웃음만 있겠느냐

노랗게 물들어 웃어 보아라
연둣빛 파란 색깔 추억에 묻어 두고

노란 치마 빨강 머리 단장은
무대 위 행복을 춤추는 무희다

달밤에 그림자 그리며 떨어지는
춤, 사위에 귀뚜라미 노래가
어울려져 춤 꽃이 핀다.

하늬바람 껴안은 너울춤은
곡예사의 춤인 듯
어쩌면 그렇게 늙은 총각, 처녀
마음 애달프게 하는가?

비워서 피는 꽃

최이천 제3시집

2022년 7월 28일 초판 1쇄
2022년 8월 2일 발행
지 은 이 : 최이천
펴 낸 이 : 김락호
디자인 편집 : 이은희
기 획 : 시사랑음악사랑
연 락 처 : 1899-1341
홈페이지 주소 : www.poemmusic.net
E-Mail : poemarts@hanmail.net

정가 : 12,000원
ISBN : 979-11-6284-382-6

이 책은 〈한국예술인복지재단〉에서 지원을 받아 제작되었습니다.